QUANDO VOCÊ ESTIVER IRADO

João treme a cauda

DAVID POWLISON
Organizador

JOE HOX
Ilustrador

Os esquilos Caio e João estavam dormindo profundamente até o despertador quebrar o silêncio.

Eles saltaram para fora da cama e correram, disputando para ver quem seria o primeiro a descer escorregando para a cozinha.

— Saia do meu caminho!
— gritou João com sua cauda tremendo.

Caio apenas sorriu ao passar à frente de João
e escorregar no galho para a cozinha quentinha.

João gritou novamente:
— Não é engraçado.
Vou contar para a mamãe!

Eles chegaram à cozinha, onde Mamãe estava alimentando a bebê Joice. Antes que João pudesse explicar, Papai chegou carregando muitas bolotas. Uma rajada de vento passou pela cozinha, fazendo cócegas em suas caudas e bigodes.

Papai disse:
— Hoje é um grande dia!
As bolotas finalmente estão maduras!
Todas as patas precisam entrar em ação para juntar bolotas para o inverno!

Mamãe perguntou:
— Como está o suprimento de bolotas deste ano?

Antes que Papai pudesse responder,
João interrompeu:
— Quantas você acha que conseguiremos apanhar antes que a família Oliveira as roube?

Todos se voltaram para João.
Caio disse:
— Todos os esquilos sabem as regras, João. Nós temos permissão para ajuntar somente as da nossa própria árvore.

Papai continuou:
— Caio está corretíssimo.

Tenho certeza de que a família Oliveira sabe das regras também.
Não se preocupe com eles. Hoje, tudo o que quero é
me assegurar de que tenhamos bolotas suficientes para o inverno.

— Bem, nós não podemos fazer isso com o estômago vazio.
— disse Mamãe.

Assim, toda a família se ajuntou ao redor da mesa,
passando tigelas de nozes e figos.
Joice batia palmas com suas pequeninas patas. Ela amava o café da manhã!

Depois de terminar a refeição, Papai pegou os sacos de aniagem para a coleta.
Ele espiou pela janela e anunciou:
— O sol está brilhando! Circulem! É dia de ajuntar bolotas!

— Sim — disse Mamãe — e eu preciso voltar para casa a tempo de tirar a torta de bolotas do forno!
Não me deixem esquecer!

A família correu para debaixo de sua árvore e rapidamente começou a trabalhar. Papai estava ajuntando em velocidade máxima, determinado a preencher o saco de aniagem até a boca. Mamãe ajuntava bolotas em seu avental, e Joice corria atrás deles o tempo todo entre folhas, gravetos e pequenos insetos. Até mesmo Caio e João estavam ajuntando uma boa quantidade. Pelo menos por certo tempo. Então Caio começou a brincar com seu irmão, jogando uma bolota nele. João não gostou muito.

— Pare! — gritou ele e revidou com uma mão cheia de bolotas. Caio disse:

— Você errou! Você não consegue me pegar!

João entendeu a dica, e sua cauda começou a tremer enquanto ele corria direto para Caio.

Caio correu para o cume do carvalho com João logo atrás.

Eles se lançavam e se precipitavam para cima e para baixo nos troncos da árvore e nos galhos. Caio continuou à frente, rindo o tempo todo.

JOÃO NÃO ESTAVA RINDO.
Caio está sempre implicando comigo.

Não é justo, ele pensou.

Eles estavam tão ocupados perseguindo um ao outro, pulando e voando pelo ar, que não notaram a família Oliveira chegando ao pé da árvore com o pequeno Félix.

Papai cumprimentou os Oliveira, mostrando orgulhosamente a sua sacola de aniagem cheia. Mamãe e a Sra. Oliveira começaram a conversar sobre as novas coisas que Félix e Joice estavam fazendo, enquanto Félix e Joice praticavam seus saltos, pulando por cima da sacola de aniagem do Papai.

Quando o Sr. Oliveira se preparou para pegar uma bolota ao pé do grande carvalho, Papai disse:
— Vejo que você também aprecia a nossa árvore.

— Sim, as nozes são deliciosas, especialmente quando torradas!

Um olhar de irritação passou por Papai. Ele replicou:
— Com certeza a sua árvore proporciona alimento em abundância para a sua família.

O Sr. Oliveira respondeu:
— A nossa família mora ao pé da colina entre árvores frutíferas, onde é mais difícil encontrar nozes. É por isso que gostamos da sua árvore. Ela é como uma árvore comunitária!
— falou ele dando risadinhas.

Papai não sorriu enquanto respondia:
— Esta é a árvore da minha família, Sr. Oliveira.

O Sr. Oliveira disse:
— Você está dizendo que não quer compartilhar as suas bolotas?

— É exatamente isso que estou dizendo! Todos os esquilos sabem as regras do manual. Papai colocou a mão em seu bolso traseiro e tirou o Manual do Esquilo.

Ele leu em voz alta a regra 7:
"OS ESQUILOS DEVEM AJUNTAR ALIMENTO DE SUA PRÓPRIA ÁRVORE".

O Sr. Oliveira disse:
— Verdade? Você vai usar o manual para justificar não ajudar o seu vizinho?

Papai respondeu:
— Esta sempre foi a árvore da nossa família!

Papai continuou enchendo sua sacola com mais bolotas.

Ele APANHAVA e DISCUTIA,
DISCUTIA e APANHAVA,

até que a sacola ficou abarrotada e tombou perigosamente para o lado.

Mamãe observou e disse:
— Papai? — mas ele não ouviu.
Ela tentou interrompê-lo novamente.
Só então Papai olhou para cima e
viu os meninos brigando na árvore.

Sua cauda começou a tremer, e ele gritou:
— Meninos, desçam aqui!

Papai pensou consigo mesmo: *Não acredito que eles estejam brigando num momento como este!*

Nesse exato momento, Joice deu um grande e feliz salto — o maior salto conhecido para um esquilo do tamanho dela. Alto, no ar, ela se foi — quase planando, com um largo e franco sorriso em sua face. Mas ela não prestou muita atenção ao saco de bolotas.

Em vez disso, ela aterrissou:
S P L A T !
Bem na sacola de aniagem abarrotada.

A sacola arrebentou, e as bolotas estouraram como grãos de milho, voando em todas as direções, para cima no ar, descendo a colina e por cima de suas cabeças.

CHOVIAM BOLOTAS!

Então a sacola permaneceu parada, achatada e frouxa no chão.

Todo o trabalho duro deles havia rolado colina abaixo.

O Sr. Oliveira disse:
— Acho que tentar ficar com todas as bolotas não funcionou para você.

E então a família Oliveira se dirigiu para o lar, no sopé da colina.

Mamãe exclamou:
— Oh, não!
O jantar está queimando!

Ela pegou Joice e voou para cima da árvore.
João e Caio as seguiram, ainda inquietos.
Papai estava logo atrás.
Ele entrou e bateu a porta.

Ele foi saudado por Mamãe, abanando sua luva de forno sobre uma torta de bolotas queimada.
Ela bufou:
— Se você não tivesse discutido com o Sr. Oliveira, eu não teria me esquecido da torta.
Agora o jantar está arruinado.

Papai replicou:
— Bom, não foi por minha causa! Eu estava apenas tentando defender
a nossa árvore e nossa família! E tudo o que recebo em troca é uma sacola vazia.
Você viu o Sr. Oliveira? Que tipo de vizinho é ele?

A mamãe não disse nada.
Ela estava olhando para a sua torta de
bolotas queimada e abanando a fumaça.

Caio disse para João:
— Acho que a bolota não cai longe da árvore. Olhe a cauda do Papai. Está tremendo também!

Papai respondeu:
— Todos nós ficamos irados, Caio, mas eu estava simplesmente obedecendo às regras. Isso é tudo o que posso dizer ao Sr. Oliveira.

João olhou para Joice e pensou:
Joice queria apenas se divertir. E Papai queria apenas alimentar sua família. Mamãe queria apenas um bom jantar. E eu queria apenas que Caio parasse de me incomodar. Agora todos nós estamos chateados. Exceto Joice, é claro! Ela só fica zangada quando está com fome ou cansada!

João disse:
— Parece que todos nós ficamos zangados quando não conseguimos o que queremos. Nós apenas queremos coisas diferentes.

Papai disse:
— Você está certo, João. Minha ira estoura igual ao saco de aniagem! Você sabe que o Grande Livro diz que a ira não produz a vida boa e correta que Deus deseja que tenhamos. Eu me esqueci disso hoje.

Caio disse:
— Mas não foi certo o Sr. Oliveira pegar nozes da nossa árvore.

E João disse:
— E não foi certo você jogar bolotas em mim.

E Mamãe disse:
— E não foi certo a discussão estragar minha torta de bolotas.

Papai disse:
— Todos nós ficamos zangados quando as coisas dão errado. E é fácil julgar aqueles que nos deixam irados e repreendê-los, como eu fiz com o Sr. Oliveira. Mas Deus é amoroso com aqueles que não seguem as regras. Eu também não obedeço às regras de Deus.

Olhem como eu fiquei irado!

— Quando estou irado, eu preciso que Deus me ajude. Eu preciso que Jesus me perdoe e me mostre onde eu estou errado também. O Grande Livro diz que Deus está sempre presente para ajudar nos momentos difíceis. Vamos pedir a Deus para nos ajudar agora.

E lá mesmo, toda a família Esquilo baixou a cabeça, ajuntou suas patas e pediu a Deus para os perdoar e ajudar.

Todos ficaram quietos por um momento. Depois, Papai disse:
— Sinto muito, pessoal. Eu devia ter compartilhado nossas nozes com a família Oliveira. Por favor, me perdoem.

Caio disse:
— Eu sinto muito também. Eu não devia ter passado à sua frente e jogado bolotas em você, João. Por favor, me perdoe.

A Mamãe continuou:
— E eu não devia reclamar e ficar chateada por causa da minha torta queimada de bolotas. Eu sinto muito. Por favor, me perdoem.

João disse:
— Eu sinto muito também. Eu fiquei nervoso desde a hora em que Caio chegou à mesa do café da manhã antes de mim. Vocês podem me perdoar também?

Papai tirou seu Manual do Esquilo vagarosamente de seu bolso. Ele disse:
— Eu acho que preciso guardar algumas palavras do Grande Livro no meu bolso em vez do manual.

Ele escreveu dois versículos:

Pois a ira do homem não produz a justiça de Deus.

Deus é o nosso refúgio e a nossa fortaleza, auxílio sempre presente na adversidade.

João disse:
— Creio que todos nós precisamos da ajuda de Deus, o tempo todo.
Eu conversarei com ele quando a minha cauda começar a tremer!

Todos riram juntos
e mastigaram uns poucos
bocados de torta de bolotas
queimada.

Então todos eles desceram de sua árvore para ver se podiam reaver algumas das bolotas esparramadas. Mas tudo que restava era um punhado no topo da colina.

Eles notaram a família Oliveira, no pé da colina, ajuntando frutas de sua árvore. Assim que o Sr. Oliveira os viu, gritou:
— Por que vocês não pegam algumas maçãs da nossa árvore?

Quando eles chegaram ao pé da colina, Papai disse:
— Sinto muito pela maneira como agi esta manhã. Eu errei por não compartilhar as bolotas com vocês.
O Sr. Oliveira disse:
— Eu devia ter pedido a você antes de começar a colher da sua árvore. Isso também não foi certo.

O Sr. Oliveira trouxe uma torta de maçã quentinha direto do forno para o pé da colina. E eles se sentaram e comeram juntos ao brilhar morno do sol se pondo.

Com sua boca ainda cheia, João disse:
— Minha cauda não está mais tremendo!
Tudo o que eu quero é mais torta de maçã, e ela está bem aqui na minha frente!

Ajudando seu filho a lidar com a ira

Ao ler *João treme a cauda*, você observou como toda a família Esquilo ficou zangada? Não era apenas João quem estava tendo dificuldades com a ira, seus pais também estavam ficando irritados. É assim que a vida é, certo? Todos ficam irados quando algo importante sai errado. Os seus filhos já notam quando você fica irado, então deixe que eles também observem como Deus o ajuda quando você está irado. O Papai Esquilo realmente ficou irado, mas também se lembrou da bondade e do perdão de Deus e então pediu perdão para a sua família e para o Sr. Oliveira.

Aqui vão algumas coisas para compartilhar com o seu filho, as quais trarão a perspectiva de Deus para os momentos de ira, irritação e frustração.

1. **A ira diz que algo que é importante no seu mundo saiu errado.** João não queria ser debochado, então ficou irado quando Caio zombou dele. Papai ficou irado, porque queria ajuntar bolotas para a sua família, o suficiente para durar o inverno. Mamãe ficou zangada, porque seu jantar foi arruinado. Quando o seu filho estiver irado, comece fazendo a ele perguntas que o ajudarão a entender por que ele está irado. Que coisa importante saiu errada no mundo dele?

2. **Deus também fica irado com coisas que estão erradas neste mundo.** Nossa habilidade de ficarmos irados faz parte de sermos criados à imagem de Deus. Existe lugar para a ira em um mundo onde coisas ruins podem acontecer e realmente acontecem. Mas lembre-se de que Deus está sempre irado pelas coisas certas (intimidação, palavras cruéis, mentira, injustiça — todos os tipos de pecado). E Deus sempre responde à ira da forma correta. O maior bem que Deus fez — oferecer seu único Filho para morrer na cruz — foi uma resposta a todo o mal e erro do mundo (Rm 5.6-11).

3. **Geralmente a nossa ira tende ao erro (não ao acerto!).** Não era certo Caio, o irmão de João, irritá-lo, nem a família Oliveira não seguir as regras. Mas a maneira como João e Papai responderam também não foi correta. A Bíblia diz: "A ira do homem não produz a justiça de Deus" (Tg 1.20). Quais são algumas formas como a ira tende ao erro?

   - *Quando ficamos irados por algo — que, na verdade, não é importante — como não obter um pirulito ou um brinquedo que queríamos.*

   - *Quando queremos uma coisa boa mais do que queremos Deus — como a gentileza de nosso irmão ou irmã para conosco ou a aceitação por parte de nossos amigos. Quando queremos uma boa coisa mais do que queremos agradar a Deus, então a nossa ira transborda como as bolotas no saco de aniagem.*

- *Quando respondemos ao erro da maneira errada. Não foi correto Caio implicar com João, mas também não foi correto João tentar pagar a Caio com a mesma moeda. Gritar, reclamar, bater e tentar revidar são modos errados de responder quando somos prejudicados.*

4 **A nossa ira não diz respeito apenas a nós, ao nosso mundo e ao que está acontecendo de errado, mas diz respeito a Deus.** Quando ficamos irados, não estamos dizendo para Deus "venha o meu reino; seja feita a minha vontade"? Mas Deus é o único verdadeiro juiz, não nós (Tg 4.12). Quando estamos irados, frequentemente agimos como juízes. João julgou seu irmão. Papai julgou o Sr. Oliveira. E Mamãe estava julgando o Papai. Pergunte a si mesmo (e ao seu filho) se você está se colocando no lugar de Deus quando você está irado. Você está agindo como o juiz daqueles que o têm irritado?

5 **Deus perdoa aqueles que sabem que estão errados (Tg 4.6).** Quando nós entendemos que a raiz da nossa ira incorreta é tentarmos agir como se fôssemos Deus, então nós podemos identificar o cerne do erro do qual precisamos nos afastar. Não é apenas gritar, fazer bico, revidar ou rebater quem está errado. É tentar ser como Deus. Esse é o pecado essencial em cada um de nós. Ajude o seu filho a identificar a aparência e os sons da ira, da irritação e da frustração na vida dele. Compartilhe com seu filho as características dessas coisas em sua vida (pode ser que ele já saiba disso!). Ajude-o a fazer a conexão com a tentativa de agir como Deus na vida dele.

6 **Peça ajuda a Deus, como Papai fez.** Ele concluiu que Deus está presente para ajudar em momentos difíceis, então ele fez uma pausa e orou com toda a sua família. Quando o seu filho estiver tentando tomar o lugar de Deus no mundo, você pode orar com ele e por ele, e encorajá-lo a ir até Deus. O Senhor ajuda aqueles que pedem (Hb 4.16).

7 **Aqueles que sabem que precisam de perdão podem compartilhar o perdão de Deus com outros (Ef 4.32).** Admitir que somos pecadores e pedir o perdão de Deus mudam a nossa perspectiva sobre aqueles que erram contra nós. Quando Papai concluiu que precisava de misericórdia porque não seguiu as regras de Deus, ele deixou de ficar zangado com o Sr. Oliveira.

8 **Deus é paciente — nós podemos crescer em paciência também.** Na Bíblia, paciência significa literalmente "tardio para se irar". Deus, em seu grande amor por nós, é tardio para se irar (Êx 34.6). O amor é tardio para se irar (1Co 13.4). O fruto do Espírito inclui paciência (Gl 5.22). Lembre ao seu filho que tanto você quanto ele podem pedir a Deus para torná-los tardios em se irar com pessoas e situações frustrantes. Lembre ao seu filho quem Deus é e como ele nos ajuda a nos tornar como ele — paciente e tardio em se irar.

9 **A ira de Deus é redentora. A sua pode ser também.** A ira de Deus resulta em grande bem. Ele endireita o errado e oferece a sua própria vida por seu povo. A sua ira também pode resultar em bem. Quando você pede perdão, Deus se dá a você — seu Espírito. Agora, é possível que, em situações nas quais está irado e irritado, você responda de uma forma que ajude em vez de magoar. Converse com seu filho sobre qual seria uma boa reação a um verdadeiro erro. O que ele deveria fazer quando seu irmão implicar com ele ou pegar suas coisas? O que ele deveria fazer quando vir outra criança sendo intimidada no parquinho? Quais são algumas maneiras de corrigir os erros que nós vemos? Deus os auxiliará a aprender a pagar o mal com o bem, assim como Deus faz conosco (Rm 12.21).

Dados Internacionais de Catalogação na Publicação (CIP)
(eDOC BRASIL, Belo Horizonte/MG)

P881j Powlison, David, 1949-.
       João treme a cauda / David Powlison; ilustrações Joe Hox; tradutora Meire Santos. – São José dos Campos, SP: Fiel, 2022.
       32 p. : il. ; 21,6 x 21,6 cm – (Boas-novas para os coraçõezinhos)

       Título original: Jax's Tail Twitches: when you are angry
       ISBN 978-65-5723-183-8

       1. Raiva – Aspectos religiosos – Cristianismo – Literatura infantojuvenil. 2. Crianças – Conduta de vida – Literatura infantojuvenil. I. Hox, Joe. II. Santos, Meire. III. Título. IV. Série.
       CDD 242.62

Elaborado por Maurício Amormino Júnior – CRB6/2422

"O Senhor é compassivo e misericordioso, mui paciente e cheio de amor".
(Sl 103.8)

Criação da história por Jocelyn Flenders, uma mãe que faz ensino domiciliar, escritora e editora que mora no subúrbio da Filadélfia. Formada no Lancaster Bible College, com experiência em estudos interculturais e aconselhamento, a série "Boas-novas para os coraçõezinhos" é sua primeira obra publicada para crianças.

João treme a cauda: quando você estiver irado

Traduzido do original em inglês
Jax's Tail Twitches: when you are angry

Copyright do texto ©2018 por David Powlison
Copyright da ilustração ©2018 por New Growth Press

Publicado originalmente por
New Growth Press, Greensboro, NC 27404, USA

Copyright © 2018 Editora Fiel
Primeira edição em português: 2022

Todos os direitos em língua portuguesa reservados por Editora Fiel da Missão Evangélica Literária. Proibida a reprodução deste livro por quaisquer meios sem a permissão escrita dos editores, salvo em breves citações, com indicação da fonte.

Todas as citações bíblicas foram retiradas da Nova Versão Internacional (NVI), salvo quando necessário o uso de outras versões para uma melhor compreensão do texto, com indicação da versão.

Diretor: Tiago Santos
Editor-chefe: Vinícius Musselman
Supervisor Editorial: Vinícius Musselman
Editora: Renata do Espírito Santo
Coordenação Editorial: Gisele Lemes
Tradução: Meire Santos
Revisão: Renata do Espírito Santo
Adaptação Diagramação e Capa: Rubner Durais
Design e composição tipográfica capa/interior: Trish Mahoney
Ilustração: Joe Hox
ISBN: (impresso): 978-65-5723-183-8
ISBN: (eBook): 978-65-5723-184-5

Impresso em Setembro de 2024,
na Hawaii Gráfica e Editora

Caixa Postal 1601
CEP: 12230-971
São José dos Campos, SP
PABX: (12) 3919-9999
www.editorafiel.com.br